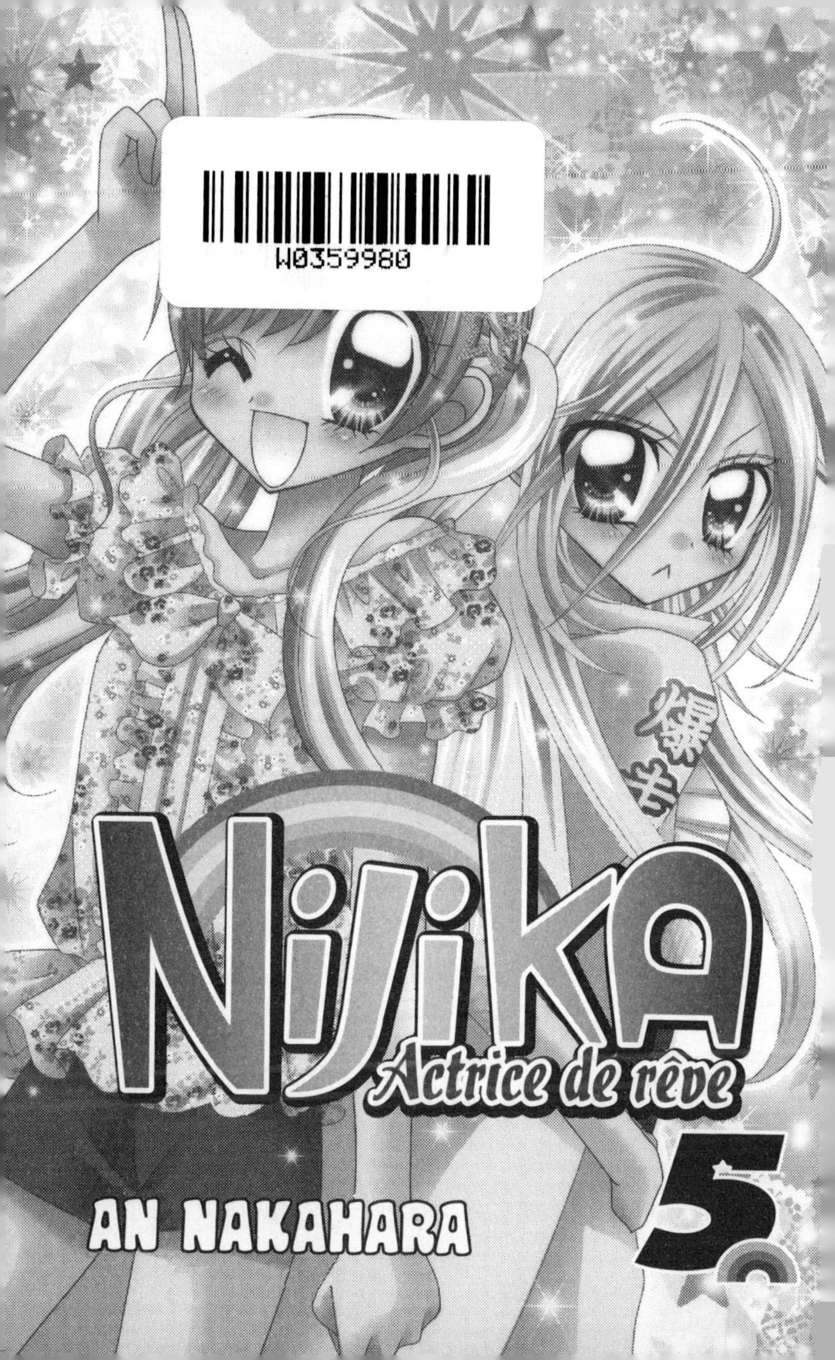
NIJIKA
Actrice de rêve
5
AN NAKAHARA

Présentation des personnages

Kapitama

BÉBÉ CAPYBARA, ANIMAL DE COMPAGNIE DE NIJIKA.

Toya Ichinose

JEUNE ACTEUR. LE PÈRE DE NIJIKA EST SON AGENT.

Nijika Kohinata

ÉLÈVE DE SIXIÈME, TOUJOURS PLEINE D'ÉNERGIE MAIS PAS FORCÉMENT TRÈS MALIGNE. VEUT DEVENIR ACTRICE COMME SA MÈRE, AUJOURD'HUI DÉCÉDÉE.

Résumé

NIJIKA KOHINATA EST UNE ÉLÈVE DE SIXIÈME DYNAMIQUE ET ATHLÉTIQUE, À LA BEAUTÉ ET AU SENS DU STYLE INCOMPARABLES. ELLE EST PRÊTE À TOUS LES EFFORTS POUR OBTENIR LE "PRISME DE DIAMANT", UN PRIX ATTRIBUÉ AUX ACTRICES DE 16 ANS ET PLUS. CE PRIX, SA MÈRE – UNE ACTRICE LÉGENDAIRE AUJOURD'HUI DÉCÉDÉE – RÊVAIT DE L'OBTENIR.
LORS DES AUDITIONS POUR LE FILM "DEUX DESTINS", NIJIKA EST CHOISIE POUR PARTAGER LA VEDETTE AVEC RIA ! MAINTENANT QUE LE PUBLIC COMMENCE À S'INTÉRESSER À ELLE, QUE VA-T-IL LUI ARRIVER ?!

Nijika
Actrice de rêve

5

Sommaire

Ria

MEILLEURE ACTRICE
DE SA GÉNÉRATION ET
RIVALE DE NIJIKA.

Question : Kapitama, combien d'onigiri as-tu sur toi en général ?

"DEUX DESTINS" PRÉSENTATION À LA PRESSE
COMMENT RIA PEUT-ELLE...
LA CONSIDÉRER COMME SON UNIQUE RIVALE ?!!
NIJIKA KOHINATA ...
EST UNE INCONNUE... UNE DÉBUTANTE !!

HM !
すっ
ZIM...
CETTE FOIS-CI ...
NOTRE MATCH COMMENCE POUR DE BON !!
ざわっ
BLA BLA...

Ria !!
OUI !!
GNUP
ぎゅっ
NOTRE MATCH
POUR LE PRISME
DE DIAMANT !!

GULP
UN MATCH POUR LE PRISME DE DIAMANT ?! CONTRE RIA ?!
POUR QUI SE PREND ... CETTE FILLE ?!
EN TOUT CAS, C'EST UN SCOOP !
JE FILE ÉCRIRE MON ARTICLE !!
BLA
BLA

①

Bonjour,
c'est An Nakahara.

Vous lisez le 5e volume de *Nijika, actrice de rêve* !!

Merci à tous !

À la fin de ce volume, vous trouverez un one-shot que j'ai dessiné il y a des années.

J'espère qu'il vous plaira ! ♡

HÉ ! TU LA CONNAIS ?
Regarde ce journal !
C'EST NIJIKA KOHINATA !!
UNE YSTÉRIEUSE NOUVELLE ACTRICE !!
“UNE RIVALE”, SELON RIA ?!
AH ! JE L'AI VUE HIER À LA TÉLÉ, AVEC RIA !
ELLE DÉCHIRE…
TU TROUVES PAS ?!
C'EST LA FILLE DE LA PUB POUR KURODA !
AH OUI, L'ANGE !!
TROP MIMI !
IL PARAÎT QU'ELLE A 16 ANS.
TU CROIS QU'ELLE JOUE BIEN ?
J'ESPÈRE QU'ON LA VERRA PLUS SOUVENT À LA TÉLÉ !!
C'est ainsi que le nom de ma chère Nijika a fait le tour du pays.
Un mois plus tard ☆
キーン PING
コーン PONG

HI HI !
NIJIKA KOHINATA
6E 2
5/20
HA HA HA !
...
C'EST TON 5 SUR 20 QUI TE REND SI HEUREUSE ?
IL T'EST ARRIVÉ UN TRUC ?
HEIN ?!
EH BIEN ...
PST
ごにょごにょ
PST
JE PEUX TE LE DIRE, À TOI...
HEEEIN ?!
TU AS OBTENU LE RÔLE PRINCIPAL DANS UNE SÉRIE EN PRIME TIME ?!
OUI !! MAIS C'EST ENCORE UN SECRET !!
NIJIKA, C'EST GÉNIAL !!

IL FAUT DIRE QUE TU TE DONNES VRAIMENT À FOND !!
JE SUIS DE TOUT CŒUR AVEC TOI !!
MERCI, NATSUKI !!
AU FAIT... C'EST UNE SÉRIE ROMANTIQUE ...
ET JE JOUERAI AVEC TOYA ICHINOSE !
HEIN ?! J'HALLUCINE !! LA CHANCE !!
Sauf que j'habite avec lui...
Mais ça, Natsuki ne le sait pas...
PARDON ...
VOUS ÊTES BIEN NIJIKA KOHINATA ?
ON PEUT AVOIR VOTRE AUTOGRAPHE ?
HEIN ?!
MON AUTOGRAPHE ?!
GULP

ドキ BOM
SI…
SI ÇA PEUT VOUS FAIRE PLAISIR !
ドキ BOM
ドキ BOM
ドキ BOM
C'est fou !! Jamais on ne m'avait demandé un autographe !!
KYAH
JE VOUS AI VUE À LA TÉLÉ L'AUTRE JOUR !
TROP CLASSE !!
KYAH
VOUS ÊTES GRANDE, STYLÉE, SUPERBE !
TIENS ?
CETTE FILLE, LÀ…
C'EST VOTRE PETITE SŒUR ?
O… OUI !! C'EST EXACTEMENT ÇA !!
Sa camarade de classe
VOILÀ !!
NIJIKA KOHINATA ☆
ÇA IRA COMME ÇA ?
FIP
Kapii ! ☆
OUAH ! MERCI !
J'AI HÂTE DE VOUS VOIR JOUER À L'AVENIR !!
ON ESPÈRE VOUS VOIR DANS TOUT UN TAS DE FILMS ET DE SÉRIES !!

TU ES UNE VRAIE CÉLÉBRITÉ !!
Ouah !!
Ça me fait super plaisir...
de savoir que j'ai des fans !!
ドキ BOM
ドキ BOM
ドキ BOM
Je dois tout faire pour ne pas les décevoir !!
La série "Ma sœur, mon amour ☆" sera diffusée …
le mercredi à 21 heures.
Les héros, Narumi et Hazuki, sont frère et sœur par alliance…
depuis le remariage de leurs parents.
Devenu lycéen, Narumi déclare sa flamme à sa "sœur".
Bien qu'elle aime Narumi, Hazuki le rejette…

Jour de la présentation de l'équipe
HAZUKI ! TU M'AIMES, ADMETS-LE !
C'EST DÉGOÛTANT ! TU ES MON FRÈRE !
BAM
Mais en vérité...
DASH
Hein ?!
LE MANGA SUR LEQUEL EST BASÉE LA SÉRIE...
EST SACRÉMENT PIMENTÉ !
BOM
BOM
BOM
C'est carrément indécent !!
Kapii !!
MA SŒUR, MON AMOUR 1
ZIM
?!!

CE MANGA N'EST PAS FAIT POUR LES GAMINES DE SIXIÈME !!
TOYA !!
TU N'AS QUE 2 ANS DE PLUS QUE MOI !! ALORS ARRÊTE AVEC ÇA !!
LA 6e ET LA 4e, ÇA N'A RIEN À VOIR !!
PFF !
GRR !
J'en ai assez !! Pourquoi il s'en prend toujours à moi !!
HH...
HH...
MAIS ...
HM !
JE SUIS CONTENT DE JOUER AVEC TOI.

ぽん
POF
ALORS FAIS DE TON MIEUX…
NIJIKA !
Toya…

Si seulement il était toujours aussi gentil...
NIJIKA !!
HA ♡ HA !
HÉ HÉ ! ♡ ÇA FAISAIT UN BAIL !!
JE COMPTE SUR TOI CETTE FOIS ENCORE ! ♡
Yoshio Kamada – Réalisateur ♡
C'EST VOUS LE RÉALISATEUR ?!
Content de te voir Kama-pii !!
Kapii !
HI HI ! ♡
AU FAIT ! ♡ LES CAMÉRAS DU JOURNAL DE 13 HEURES SONT LÀ...
ILS VEULENT INTERVIEWER L'ÉQUIPE EN DIRECT ! ♡
QUOI ?!
JE COMPTE SUR VOUS POUR NOUS FAIRE UNE BONNE PUBLICITÉ !! ♡
SURTOUT SUR TOI, L'ACTRICE PRINCIPALE !! ♡
BOM
BOM
BOM
D'A... D'ACCORD !!

BO BOM
Il faut que je donne le meilleur de moi-même !!
BO BOM
BONJOUR À TOUS LES TÉLÉSPECTATEURS !
JE SUIS ACTUELLEMENT EN DIRECT…
DEPUIS UN PLATEAU DE TOURNAGE !!
CETTE SÉRIE SERA DIFFUSÉE…
LE MERCREDI À 21 HEURES ET EST INTITULÉE “MA SŒUR, MON AMOUR ☆” !
POSONS QUELQUES QUESTIONS AUX 2 ACTEURS PRINCIPAUX !
BO…
BONJOUR !!
JE M'APPELLE NIJIKA KOHINATA ET JE JOUE LE RÔLE DE HAZUKI.
BOM
BOM
BOM
JE SUIS TOYA ICHINOSE ET JE JOUE SON DEMI-FRÈRE, NARUMI.
J'AI COMME L'IMPRESSION…
QUE NIJIKA A LE TRAC !
AÏE…

MON PERSONNAGE EST FOU AMOUREUX DE SA SŒUR HAZUKI, AVEC QUI IL N'A PAS DE LIENS DE SANG.
C'EST UN GARÇON DIRECTIF, UN PEU IMBU DE LUI-MÊME, POINTS SUR LESQUELS JE VAIS ME CONCENTRER.
キラ BLING
キラ BLING
キラ BLING
キラ BLING
UN RÔLE EN OR, DONC ! ♡♡
TOYA EST TRÈS PRO POUR SON ÂGE !
IL EST TROP CLASSE ! ♡
BOM BOM ドキ
Il faut que je réponde à la perfection, comme lui !
Euh... Euh... Hazuki a un fort tempérament et ne se laisse pas faire...
ドキ BOM BOM
AH !
EUH ...
OUI !!
MON RÔLE EST...
BOM BOM ドキ
PASSONS À PRÉSENT À CELLE QUI JOUERA L'HÉROÏNE, NIJIKA KOHINATA !
ドキ BOM BOM
ZAM

SBO
OO
AÏE !!
EUH… ON EST EN DIRECT, LÀ ?!
ざわ… BLA BLA
QUELLE GAFFEUSE …
Kapii …
WON
WON
Aaah !!
Je me suis complètement plantée ! Comment faire ?!
WON
…
EUH… MLLE KOHINATA …
ZIM

FWAP
MAIS QU'EST-CE QUE TU FABRIQUES ?!
Hein ?!!
GULP
TOYA ?
CE QUE TU PEUX ÊTRE MALADROITE, HAZUKI !!

Quoi ?!
"Hazuki"
?!
DIS...
ADMETS QUE
TU M'AIMES
QUAND MÊME
UN PEU !
KYAH
Cet air
imbu de
lui-même...
C'est...
c'est...
c'est le
personnage
de Narumi
!!

OH... MAIS J'Y SUIS !!
ILS SONT EN TRAIN DE NOUS JOUER UN EXTRAIT ?!
OH LÀ LÀ !
PST
NE TE LAISSE PAS ABATTRE PAR TES ERREURS !
!!
CLING
Toya m'est venu en aide...
en camouflant ma gaffe !!
BOM BOM
Il a raison, je dois retrouver mon calme !
BOM BOM

GULP

DÉGOÛTANT ...
HM ?
UN FRÈRE QUI DÉCLARE SON AMOUR À SA SOEUR, C'EST DÉGOÛTANT !!
?!!
ÇA ...
ÇA N'A RIEN DE DÉGOÛTANT !!
GRR
TU ES MA DEMI-SŒUR !!
ALORS TU PEUX ÊTRE MA MOITIÉ, NON ?!
ARRÊTE TES JEUX DE MOTS À 2 BALLES !!
GRR
DIS DONC ! JE T'AI POURTANT APPRIS À AVOIR DE L'HUMOUR !!
TU M'AS RIEN APPRIS !!

HA HA !
HA HA !
CE QU'ILS SONT DRÔLES !
Je me suis plantée, mais peu importe.
Pour que le public passe un bon moment...
il faut que je prenne moi-même du plaisir en jouant !!
De cette manière, je suis sûre que ma prestation...

ravira tous les spectateurs !!
KYAH !! DES SCÈNES TORRIDES NOUS ATTENDENT !! ♡♡
AH !!
OH !!
Ne t'agite pas comme ça !!
Aaah !!
J'étais tellement absorbée que je n'ai pas remarqué que j'étais dans ses bras !!
AAAH !!

AAAH !!
SBOM
EUH … EST-CE QUE ÇA VA ?!
PST
ABRUTIE !
PST
PARDON !
PST
UNE DERNIÈRE DÉCLARATION ?
HM !
PASSION ET HUMOUR…
NE MANQUEZ PAS “MA SŒUR, MON AMOUR ☆” LE MERCREDI À 21 HEURES !!

ON A HÂTE DE VOIR ÇA !!
C'EST LA FIN DE NOTRE LIVE !
OK ! COUPEZ !
VOUS AVEZ FAIT TRÈS BONNE IMPRESSION ! ♡
VOUS ÉTIEZ EN OSMOSE, ON SENTAIT QUE VOUS VOUS AMUSIEZ !
Kapii ! ♡
JE SENS QUE CETTE SÉRIE VA FAIRE UN CARTON ! ♡♡
ON A EU CHAUD...
SMILE
MERCI POUR TOUT, TOYA !!
TU M'AS SAUVÉE APRÈS MA BOURDE !

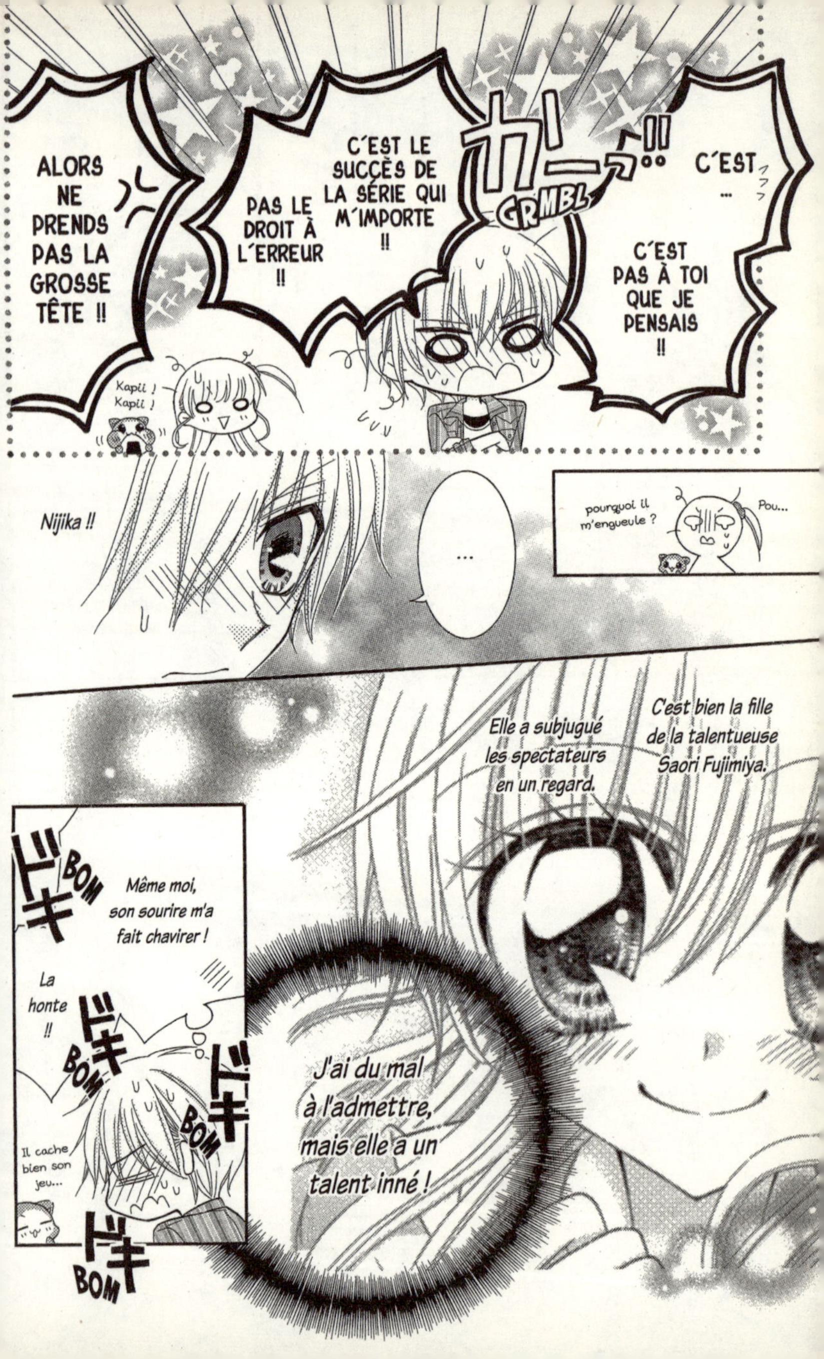
C'EST ...
C'EST PAS À TOI QUE JE PENSAIS !!
カーッ!!
GRMBL
C'EST LE SUCCÈS DE LA SÉRIE QUI M'IMPORTE !!
PAS LE DROIT À L'ERREUR !!
ALORS NE PRENDS PAS LA GROSSE TÊTE !!
Kapii ! Kapii !
Pou... pourquoi il m'engueule ?
...
Nijika !!
C'est bien la fille de la talentueuse Saori Fujimiya.
Elle a subjugué les spectateurs en un regard.
J'ai du mal à l'admettre, mais elle a un talent inné !
ドキ BOM
Même moi, son sourire m'a fait chavirer !
La honte !!
ドキ BOM
ドキ BOM
Il cache bien son jeu...
ドキ BOM

Je suis encore tout excitée !!
FHH
Tant que je prendrai plaisir à jouer, les spectateurs passeront eux aussi un bon moment !!
C'est formidable de pouvoir faire ressentir ça aux gens...
Oui, vraiment... j'adore le métier d'actrice !!

Toya et moi allons faire de cette série un succès !!
爆走天使
NE MANQUEZ PAS “MA SŒUR, MON AMOUR ☆ ” LE MERCREDI À 21 HEURES !!
ON A HÂTE DE VOIR ÇA !!
C’EST LA FIN DE NOTRE LIVE !
...
SHRR
...
ELLE CROIT POUVOIR ME CHIPER LA STAR DE MES RÊVES...
...

ÇA NE SE PASSERA PAS COMME ÇA ...
NIJIKA !!
TU VAS ME LE PAYER !!

BON ! ♡ CE SERA TOUT POUR AUJOURD'HUI ! ♡
AU FINAL, L'INTERVIEW S'EST BIEN PASSÉE !
LE TOURNAGE COMMENCE APRÈS-DEMAIN, IL FAUDRA SE DONNER À FOND !
Kapii ! ☆

ÇA S'EST "BIEN PASSÉ" ?
MAIS... MAIS ON S'EST BIEN RATTRAPÉS, NON ?!
HA !
ON S'EST ÉCROULÉS DEVANT LA CAMÉRA !
ÇA M'INQUIÈTE POUR LA SUITE...
GRR
GRR
LÀ VOILÀ, C'EST ELLE !
ON Y VA, LES GARS !
VOUS, LÀ-BAS !!
ZAM
ARRÊTEZ UN PEU DE FLIRTER !!
C'EST PAS BEAU À VOIR !!
OUAIS !!
BIEN DIT !!
TADAM !!

HEIN ?
HÉ HÉ !
T'AS PERDU TA LANGUE ?!
OUAIS !
OUAIS !
EUH... C'EST DES FIGURANTS ?
SYMPA, LA CHEMISE !
Kapii !
PFF !
PLON
BON SANG !
ILS N'ONT PAS DU TOUT LA TROUILLE !
EN FAIT, ILS SE MOQUENT DE NOUS ...
EUH ...
DANS CE CAS, UTILISONS LA FORCE !!
DASH
HEIN ?
HOP !
ZIM
ÇA SUFFIT ! POURQUOI VOUS NOUS SAUTEZ DESSUS ?!
AÏE !!
Kapii ! ☆

HIII !!
HEEEIN ?! ELLE N'EN A FAIT QU'UNE BOUCHÉE !!
UNE BEAUTÉ PAREILLE ?!
VOTRE AMI N'AURAIT PAS DÛ COMMENCER ...
TAP TAP
QU'EST-CE QUE C'EST QUE CE VACARME ?
BLA BLA
DASH
?!!
ABRUTIS !!
AH ... LE BOSS !!
QUI VOUS A DEMANDÉ DE L'ATTAQUER ?!!
AAH !!
SBAM
HH... HH...

DÉSOLÉE, ILS N'AURAIENT PAS DÛ...
Quelle jolie fille !!

BLA
BLA
UNE BLONDE DÉCOLORÉE, HABILLÉE COMME UN CHEF DE GANG...
RECULE-TOI, NIJIKA, ÇA DEVIENT DANGEREUX !
ZIM
TOYA...
B... BOSS !
VOUS DISIEZ QUE NIJIKA KOHINATA DEVAIT PAYER. ON VOULAIT JUSTE...
LUI DONNER UNE LEÇON !
JE VOUS AI RIEN DEMANDÉ !!
Quoi ?!
Me faire "payer" ?!
ILS DISENT VRAI, JE TE DÉTESTE...
MAIS...

MOI...
CHIZURU SENGOKU...
JE NE TOLÈRE PAS QU'ON SORTE DU DROIT CHEMIN !
JE TE DEMANDE PARDON POUR EUX !
BOSS ! ♡♡♡
QUELLE CLASSE ! ♡
ALLEZ, ON SE TIRE !!
ズルズル
SHRR

C'ÉTAIT QUOI, CE CIRQUE…
JE NE SAIS PAS, MAIS…
Kapii !
MUNCH MUNCH
CETTE FILLE…
ELLE DÉGAGE UNE ÉNERGIE FOLLE !!
HM, J'AI L'IMPRESSION…
DE L'AVOIR DÉJÀ VUE QUELQUE PART…
?
HEIN ?!
UN CARNET DE LIAISON ?
C'EST CELUI DE CETTE FILLE !
CARNET DE LIAISON CHIZURU SENGOKU 1RE C
LYCÉE PRIVÉ AOZORA
C'EST PAS SON GENRE, POURTANT !
Quel gangster se baladerait avec ça ?
AH !!
MAIS OUI !! C'EST CHIZURU !!
ELLE A JOUÉ DANS UN DE MES FILMS QUAND ELLE ÉTAIT ENFANT !! ♡
QUELLE SURPRISE ! ♡
?!!

DANS UN FILM ?
ELLE ÉTAIT ACTRICE ?!
OUI... C'EST BIEN ELLE.
ELLE A FAIT SES DÉBUTS IL Y A 10 ANS.
ELLE ÉTAIT AUSSI DOUÉE ET POPULAIRE QUE RIA.
LA PETITE CHIZURU SENGOKU !!
"Aussi populaire ...
que Ria" ?!!

ELLE ÉTAIT TRÈS EXPRESSIVE...
ET PLEINE DE TALENT ! ♡
ELLE A TOURNÉ PENDANT À PEU PRÈS 3 ANS...
PUIS A SOUDAIN DISPARU DU MONDE DU SPECTACLE.
ELLE QUI ÉTAIT SI SAGE AUTREFOIS, COMMENT A-T-ELLE ATTERRI DANS UN GANG ?!
KAMA-PII !
EN 30 ANS DE TOURNAGES, J'AI RAREMENT VU AUTANT DE TALENT...
VOUS AVEZ QUEL ÂGE, AU JUSTE, M. KAMADA ?
30 ans de carrière ?
BOM BOM
BOM BOM
J'aimerais beaucoup la voir jouer !!
BOM BOM
Elle est si talentueuse que ça ?!
DING DONG...
Lycée privé Aozora

VOILÀ ! J'AI CHANGÉ L'EAU DU VASE ! ♫
TADAM !
じゃん！
BOSS ... VOUS VOUS CASSEZ LA TÊTE POUR RIEN !
QUOI ?!!
C'EST MOI QUI SUIS CHARGÉE DE FAIRE RÉGNER L'ORDRE ICI, NON ?!!
BLA BLA
ざわざわ
HM ?

ZIM
ひよいっ
QUE SE PASSE-T-IL DEHORS ?!
J'HALLUCINE ?!!
ざわ BLA
UNE STAR, ICI ?!
ざわ BLA
C'EST L'ACTRICE DE "DEUX DESTINS"...
Kapii ! ♡
NIJIKA KOHINATA ?!
?!!

Un problème, boss ?
NI...
NIJIKA ?!!
QUE FAIT-ELLE ICI ?!
Hé Hé ! ♡
Je suis venue lui rapporter son carnet.
Cest ici, son lycée ?
Trop classe !
BOM
BOM
MLLE KOHINATA !!
HM ?
J'HALLUCINE !! ♡ C'EST BIEN ELLE !!
AAH !!
CE QU'ELLE EST MINCE !!
Au secours !!
Je suis encerclée !!
ELLE EST TROP BELLE !
TROP CLASSE !
C'EST VIVANT, ÇA ?
Kapii !!
Hein ?!!
SERS-MOI LA MAIN !!
AAH !!

ZAM
CHI...
CHIZURU ?!
OR-DURES !!
QUI VOUS A AUTORISÉS À LA TOUCHER !!
GRR

GULP
P... PARDON !!
Chizuru !!
TIRONS-NOUS !
DASH
TU ES VENUE ME FAIRE LA LEÇON ?!
MES EXCUSES NE T'ONT PAS SUFFI ?!
DIS ! DIS !
QUOI ?
TU VIENS DE ME PORTER SECOURS, NON ?!
MERCI ! TU ES ADORABLE !! ♡

CE...
CE N'ÉTAIT PAS PAR GENTILLESSE !!
GRMBL
TIENS ! TON CARNET DE LIAISON !
JE L'AI TROUVÉ HIER !
AH ! JE CROYAIS L'AVOIR PERDU...
Merci.
DIS, CHIZURU...
TU ÉTAIS ACTRICE, DANS TON ENFANCE ?!
TU AIMES TOUJOURS JOUER LA COMÉDIE ?!
P...
POURQUOI CETTE QUESTION ?!
IL PARAÎT QUE TU AVAIS AUTANT DE SUCCÈS ET DE TALENT QUE RIA !!

FWAP
JOUER LA COMÉDIE...
JE N'AIME PAS ÇA DU TOUT !!
Chizuru... Elle a l'air si triste...
ET PUIS...
JE TE DÉTESTE, NIJIKA !!
Combien de fois il faudra que je te le dise ?!
TU M'AS PIQUÉ MA STAR ADORÉE !!
TSS !

(2)

Le personnage de Chizuru Sengoku fait son apparition dans ce volume.

Rebelle, mais "droite dans ses bottes", elle est très facile à dessiner !

J'adore ce genre de fille.

Je la présente comme une blonde décolorée (ce qui fait très mauvais genre au Japon), mais le problème, c'est que sur mes illustrations couleur, Nijika apparait en blonde elle aussi. Sacrée gaffe, non ?!

Quand je travaillais sur les premières illustrations couleurs de la série, j'ai fait de mon héroïne une blonde sans penser à toutes ces filles rebelles aux cheveux décolorés... (^^)

MAIS VRAIMENT... ELLE A EU L'AIR SI TRISTE...
Kapii ?
Elle n'avait pas l'air de penser ce qu'elle disait...
くっ… GNN
Je veux savoir ce qu'elle ressent vraiment !!
どるるん VROUM
どるるん VROUM
暴走一番
BON, C'EST L'HEURE DE LA RÉUNION DES PETITES FRAPPES !!
UN JOUR, LE MONDE TREMBLERA DEVANT NOUS ! ☆
ポイッ HOP!
ぱしっ TCHAC
HÉ ! ABRUTI !!
NE BALANCE PAS TES DÉCHETS PAR TERRE !!

BON SANG !!
IL FAUT ENLEVER LE BOUCHON PLASTIQUE ET RECYCLER LA BOUTEILLE !!
DÉ… DÉSOLÉ, CHIZURU !!
Pourquoi elle a rejoint notre groupe, au juste ?
OUAH !!
QUELLE CLASSE, CHIZURU !!
Kapii ! ☆
QUE… QU'EST-CE TU ME VEUX, À LA FIN ?!!
HI HI HI !
JE VOULAIS TE PARLER, ALORS JE T'AI SUIVIE ! ♡

C'EST UN REPAIRE DE GANGSTERS ICI, TU SAIS ?!
TU N'AS PAS PEUR ?!
PAS DU TOUT. DU MOMENT QUE JE PEUX TE PARLER !
UNE TASSE DE THÉ, MLLE ? ☆
MONSIEUR KAPI ?
Kapii !! ♡
Avec plaisir !
OH ! MERCI ! ♡
Elle est jolie !
GRMBL ...
LÂCHE-MOI, TU VEUX !!
DASH
CHIZURU !!
CHIZURU !!
AAH !
POURQUOI TU FUIS ?
T'ES RAPIDE !
MUNCH
MUNCH

HH...
HH...
HH...
TU COURS DRÔLEMENT VITE !!
HI HI!
Kapii !
TU NE LÂCHES DONC JAMAIS TES PROIES...
NIJIKA ?!
HÉ ! HÉ !
T'ES TENACE, Y A PAS À DIRE.
TU AS VU ÇA ?!
TROP DRÔLE...
HI HI!
PST ヒソ
PST ヒソ
ELLES N'ONT RIEN D'AUTRE À FAIRE QUE SE MOQUER DES PASSANTS, CES DEUX-LÀ ?!
TU NE PASSES PAS INAPERÇUE DANS CETTE TENUE...
...
J'AI UNE IDÉE !!
VIENS PAR ICI, CHIZURU !!
GNUP
HEIN ?!!

OOH!
ÇA VOUS VA À RAVIR ! ♡
TADAM
C´EST QUOI, CETTE JUPE À VOLANTS ?!

TU ES JOLIE HABILLÉE EN GANGSTER MAIS ÇA…
C'EST PAS MAL NON PLUS !
C'EST…
C'EST PAS MON STYLE, MAIS…
PAS LE CHOIX, JE LES GARDE !!
Merci et à bientôt !
かあぁっ
GRR
だーっ!!
DASH
Regarde ces 2 beautés !
J'AI…
J'AI FROID AUX FESSES !
NE MARCHE PAS LES JAMBES ÉCARTÉES !
Wow !
…
T'ES VRAIMENT BIZARRE, COMME FILLE.
POURQUOI TU FAIS UNE FIXATION SUR MOI ?

!!
CETTE VOIX !!
TU T'EN VAS, C'EST ÇA ?
PARCE QUE…
MÊME À L'AUTRE BOUT DU MONDE…
JE N'AIMERAI TOUJOURS QUE TOI…

C'EST RIA ! COMME ELLE EST BELLE !
C'EST UN EXTRAIT DE SA DERNIÈRE SÉRIE.
CETTE SCÈNE DONNE LES LARMES AUX YEUX !
RIA ÉMEUT TOUT LE MONDE EN JOUANT.
... OUI...
ELLE JOUE BIEN ...
!!

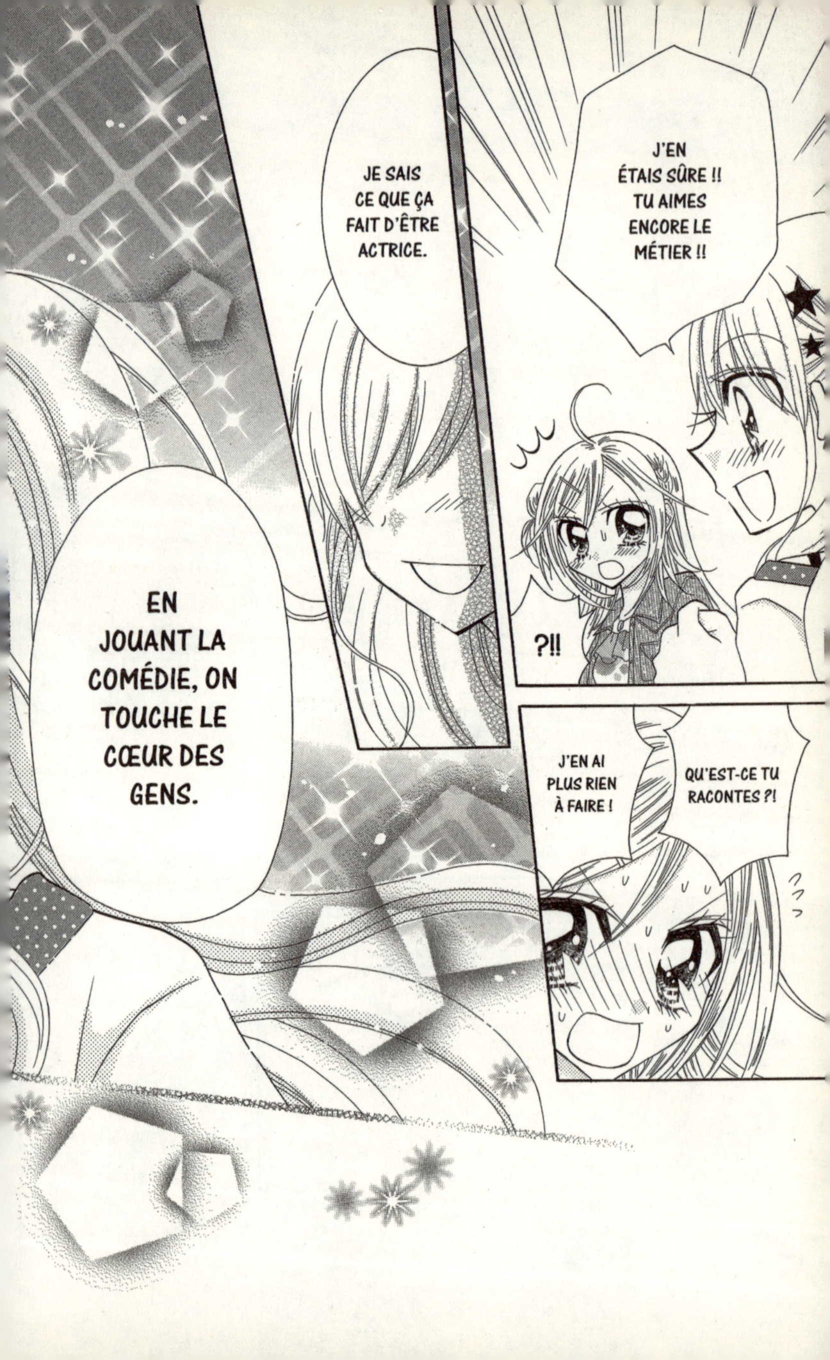
J'EN ÉTAIS SÛRE !! TU AIMES ENCORE LE MÉTIER !!
?!!
QU'EST-CE TU RACONTES ?!
J'EN AI PLUS RIEN À FAIRE !
JE SAIS CE QUE ÇA FAIT D'ÊTRE ACTRICE.
EN JOUANT LA COMÉDIE, ON TOUCHE LE CŒUR DES GENS.

UNE FOIS QU'ON A GOÛTÉ AU PLAISIR QUE ÇA PROCURE, ON NE PEUT PLUS FAIRE MACHINE ARRIÈRE.

JE PENSE QUE TU SAIS DE QUOI JE PARLE.
C'EST UN SENTIMENT DONT ON NE PEUT PAS SE DÉBARRASSER FACILEMENT.
JE VEUX ABSOLUMENT TE VOIR JOUER !!

Elle a l'air très déterminée !!
ENTENDU ...
TU VAS ME VOIR JOUER.
HEIN ?!
MAIS À UNE SEULE CONDITION ...
QU'IL S'AGISSE D'UN DUEL D'ACTRICES ENTRE TOI ET MOI !!
Heeeein ?!

Question : Nijika, que fais-tu, les jours de pluie ?

Un duel d'actrices entre toi et moi !!
T'AFFRONTER EN DUEL, MAIS POURQUOI ?
HA HA ! PARCE QUE JE TE DÉTESTE !!
UN DUEL, ÇA ME PARAÎT ÉVIDENT !
TU TE DÉGON-FLES ?
BRR
BRR
C'EST ...

C'EST TROP GÉNIAL !! ♡♡
ん!!
JE VAIS TE VOIR JOUER !!
ぴょ
BOING
Kapii ! ☆
YOUPI ! YOUPI ! ♡
HÉ ! ARRÊTE DE CRIER COMME UNE GAMINE !
TU DÉRANGES LES PASSANTS !!

C'EST D'ACCORD POUR LE DUEL !!
BOM BOM
OÙ ?! QUAND ?! COMMENT ?!
BOM BOM
BOM BOM
HA HA !
TU VEUX SAVOIR ?
J'EN AI PAS LA MOINDRE IDÉE !!
PLON
HEIN ?
EUH... CHIZURU ...
LE JOURNAL DE 19 HEURES ...
AH !
IL EST DÉJÀ SI TARD ?! IL FAIT NUIT NOIRE !!
C'EST PAS UNE HEURE POUR TRAÎNER DANS LA RUE À NOTRE ÂGE !!
IL EST TEMPS DE SE SÉPARER !!
HEIN ?!

ZIM
ON S'AFFRONTERA À NOTRE PROCHAINE RENCONTRE !
ALORS TIENS-TOI PRÊTE !!
だっ!! DASH
À PLUS !!
ET PUIS …
TAP
タッ TAP
くるっ ZAM
ÉVITE LES RUES SOMBRES !!
NOTRE PROCHAINE RENCONTRE ? MAIS QUAND ?
Kapii ?
MUNCH
Le lendemain
ざわ BLA
ざわ BLA
BONJOUR À TOUS ! LE TOURNAGE DE LA SÉRIE COMMENCE AUJOURD'HUI ! ☆
JE COMPTE SUR VOUS ! ♡
KYAH ! ♡

C'EST PARTI !! JE VAIS ME DONNER À FOND !!
POF !!
Kapii ! ☆
NE GÂCHE PAS MON TRAVAIL, SURTOUT !
TOYA !!
J'EN AI ASSEZ DE TES VANNES !!
GRR
HM ?
BLA BLA
QUE SE PASSE-T-IL ?
REGARDE ÇA, NIJIKA ...
C'EST FLIPPANT ...

QU'EST-CE QUE…
ZAM
CHI… CHIZURU ?!!
AH…
C'EST TOI QUE JE CHERCHAIS, NIJIKA !!
QUE FAIS-TU LÀ ?!
COMMENT SAVAIS-TU OÙ ON TOURNAIT ?!

③

Humeur du jour.
Cet été, je suis allée en Hokkaido !

Je n'y étais pas retournée depuis une séance de dédicaces il y a quelques années.

Les champs de lavande et de tournesols de Furano et de Biei étaient magnifiques, ça m'a beaucoup émue. ✧ ✧

En voiture, sur les routes, on a même croisé des chevreuils et des renards.

En Hokkaido les routes sont larges et il y a peu d'intersections, alors j'ai un peu conduit moi-même. Je me suis bien amusée !

J'ai très envie d'y retourner en voyage ! ♡

Et puis, je n'ai pas pu goûter au curry de Furano. La prochaine fois, c'est sûr !!

PST
ヒソ
ELLE ME FAIT PEUR …
PST
ヒソ
C'EST UNE FILLE DES RUES…
PST
ヒソ
QUOI ?
NE DITES PAS DU MAL DES GENS DANS LEUR DOS !!
GRR
GULP
QUELLE FORCE…
UNE VRAIE REBELLE …
TU T'APPRÊTES À TOURNER ?
ON SE VERRA APRÈS !!
HEIN ?!
TIENS ?! MAIS C'EST CHIZURU ?!
TU TE SOUVIENS DE MOI ?
AH !!
Ce visage… ce petit corps…
NOUS AVONS TRAVAILLÉ ENSEMBLE QUAND TU ÉTAIS ENFANT ! ♡
CHIZURU SENGOKU ? L'ACTRICE ?

ぱっ
ZAM
C'EST BIEN TOI !!
Milk Hanazono – Mangaka
CHIZURU SENGOKU, L'ENFANT STAR ?!!
M...
MME HANAZONO ?!!
HEIN ?!
MILK HANAZONO ?
C'EST ELLE QUI A ÉCRIT LE MANGA DONT EST TIRÉE LA SÉRIE, NON ?!! ☆
JE RECONNAIS CERTAINS TRAITS DE TON VISAGE ! ♡♡
J'ÉTAIS TRÈS FAN DE TON TRAVAIL, IL Y A 10 ANS DE ÇA !! ♡♡
KYAH ♡
AH OUI ?!

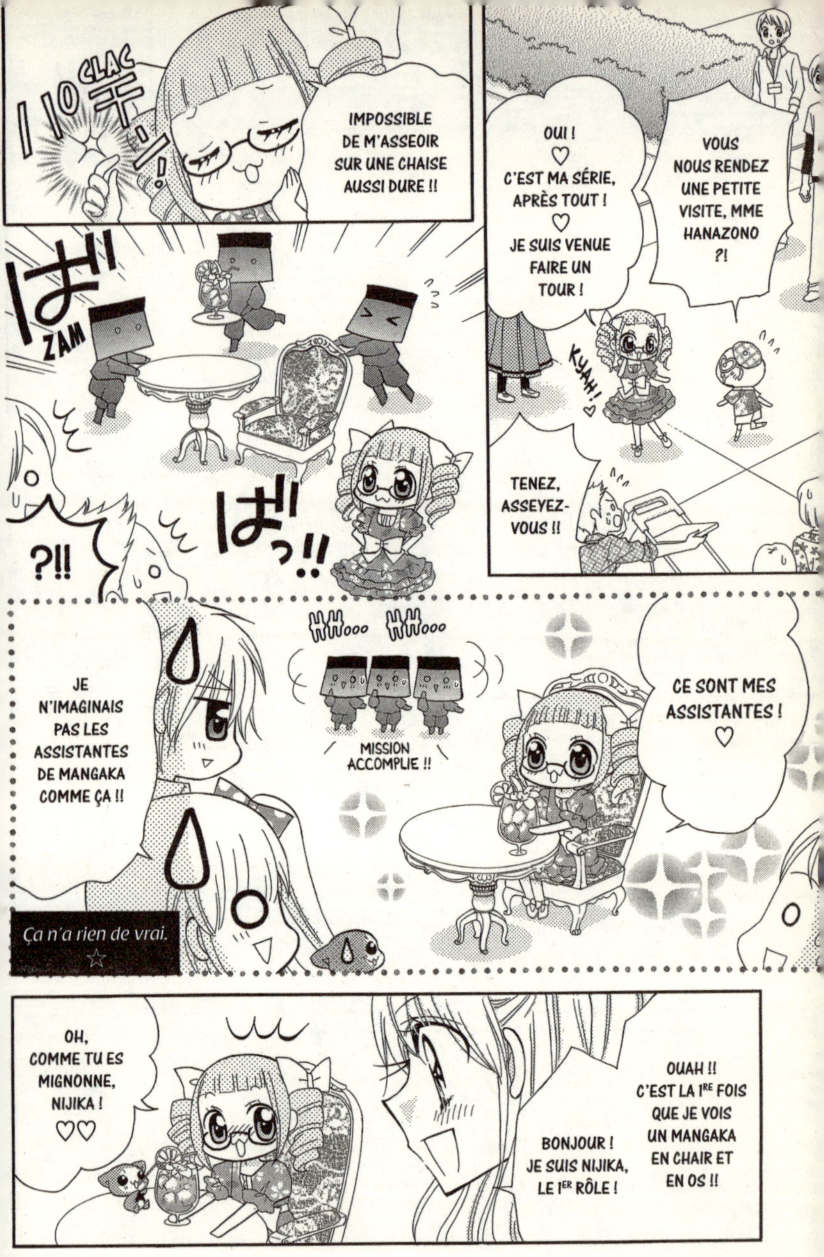
VOUS NOUS RENDEZ UNE PETITE VISITE, MME HANAZONO ?!
OUI ! ♡ C'EST MA SÉRIE, APRÈS TOUT ! ♡ JE SUIS VENUE FAIRE UN TOUR !
KYAH ! ♡
TENEZ, ASSEYEZ-VOUS !!
IMPOSSIBLE DE M'ASSEOIR SUR UNE CHAISE AUSSI DURE !!
CLAC
ZAM
?!!
CE SONT MES ASSISTANTES ! ♡
MISSION ACCOMPLIE !!
JE N'IMAGINAIS PAS LES ASSISTANTES DE MANGAKA COMME ÇA !!
Ça n'a rien de vrai. ☆
OUAH !! C'EST LA 1re FOIS QUE JE VOIS UN MANGAKA EN CHAIR ET EN OS !!
BONJOUR ! JE SUIS NIJIKA, LE 1er RÔLE !
OH, COMME TU ES MIGNONNE, NIJIKA ! ♡♡

HM ?
TOI AUSSI, TU JOUES DANS LA SÉRIE, CHIZURU ?
NON, JE SUIS VENUE AFFRONTER NIJIKA EN DUEL !
UN DUEL D'ACTRICES ?!
OUAH !!
HO HO ! ♡
DEUX BEAUTÉS QUI S'AFFRONTENT ! VOILÀ QUI EST INTÉRESSANT... ♡♡
MME HANA-ZONO ?
DIS ! TU N'AURAIS PAS ENVIE DE JOUER DANS CETTE SÉRIE ?
QUE DITES-VOUS ?!
IL SUFFIT DE CRÉER UN RÔLE !
UNE AMIE DE HAZUKI !
HEIN ?!
JE VIENS D'AVOIR UNE BONNE IDÉE ! ♡

JE VOUS PROPOSE À TOUTES LES DEUX...
DE VOUS AFFRONTER POUR OBTENIR LE RÔLE DE L'HÉROÏNE !
Quoiii ?!!

LE RÔLE DE L'HÉROÏNE ?!
MAIS ON A ANNONCÉ À LA TÉLÉ QU'IL REVENAIT À NIJIKA !
VOUS POURRIEZ ME DEMANDER MON AVIS !!
HM ? C'EST BIEN MON ŒUVRE QUE VOUS ADAPTEZ ?
JE VEUX LES VOIR INCARNER HAZUKI.
CELLE QUI JOUERA LE MIEUX AURA LE RÔLE...
L'AUTRE JOUERA LE RÔLE DE SA MEILLEURE AMIE.
ÇA VOUS CONVIENT ?
JE VEUX UNE ACTRICE DE TALENT POUR MON HÉROÏNE ! ♡
C'EST DU JAMAIS-VU...
ざわ BLA
ざわ BLA
MAIS L'OPINION DE LA CRÉATRICE PASSE AVANT TOUT...

NIJIKA ...
Si je perds, je devrai dire adieu au rôle...
Bonjour l'angoisse !
–Mais...
c'est l'occasion de me mesurer à Chizuru !
GNN
TRÈS BIEN ! J'ACCEPTE !
CAR JE N'AI AUCUNE INTENTION DE ME LAISSER BATTRE !!

...
Cette fille a du cran !!
HM !
OK ! MOI AUSSI, JE RELÈVE LE DÉFI !!
KYAH ! ♡ ALORS C'EST DÉCIDÉ !
OH !
J'AI L'IMPRESSION D'ÊTRE TRANSPA-RENT...
Pauvre Kama-pii ...
Prête pour ce duel-surprise !!

BIEN, JE VOUS EXPLIQUE L'ÉPREUVE. ♡
VOUS ALLEZ INCARNER HAZUKI, MON HÉROÏNE... ☆
FAIRE FACE À TOYA, QUI JOUE NARUMI...
ET LUI EXPRIMER VOTRE AMOUR ♡ DE LA MANIÈRE QUE VOUS VOUDREZ !
HÉ HÉ ! ☆
EXPRIMER LEUR AMOUR ?!
ざわ... BLA
ÇA VA ÊTRE DUR D'IMPROVISER ...
HEIN ? MAIS CHIZURU N'A PAS LU L'HISTOIRE, NON ?
COMMENT PEUT-ELLE INCARNER HAZUKI ?
HEIN ?!!
"PAS LU L'HISTOIRE" ?!
UN MANGA SHÔJO, TU ME PRENDS POUR QUI ?
J'AI LU TOUS LES VOLUMES DE LA SÉRIE !!
CETTE HISTOIRE D'AMOUR ME DONNE DES PALPITATIONS !!
KYAH ! ♡ JE SUIS RAVIE ! ♡
UN AUTOGRAPHE 'SIOUPLAÎT.
かあっ GULP
ズコッ BOM
SCRITCH SCRITCH
BIEN, COMMENÇONS PAR NIJIKA ! ♡

ドキ
BOM BOM
ドキ
BOM BOM
ドキ
BOM BOM
Tout ira bien...
je suis Hazuki, à présent.
FHH
す
Une fille au caractère bien trempé, qui adore Narumi mais ne se laisse pas faire pour autant...
ZIM
JE TE DÉTESTE ...
JE TE DÉTESTE NARUMI !!
HAZUKI ...

GNUP
NON...
EN FAIT...
JE T'ADORE !!

OUAH !! QUEL BEAU SOURIRE !!
MOI AUSSI...
HAZUKI.
BIEN ! C'ÉTAIT SUPER ! ♡♡
Kapii !
TU AS TRÈS BIEN EXPRIMÉ LES SAUTES D'HUMEURS DE HAZUKI. ♡
AH ! MÊME KAPITAMA M'A ABANDONNÉ !
OUF...
J'ai réussi !!

BEAU TRAVAIL, NIJIKA !
HÉ HÉ !
ELLE ATTIRE VRAIMENT LES REGARDS !!
OUI !
GRMBL
HM ?
GRR
GRR
DITES... CETTE FILLE ME FOUT VRAIMENT LA FROUSSE...
IL PARAÎT QU'ELLE ÉTAIT ACTRICE...
MAIS C'ÉTAIT IL Y A 10 ANS, NON ?
VOUS CROYEZ QU'ELLE SAIT ENCORE JOUER ?
À TON TOUR, CHIZURU !!
HM ? OUAIS !

Ça y est...
BOM ドキ
BOM BOM ドキ ドキ
je vais enfin la voir jouer !!
FHHooo
B...
BONNE CHANCE !!
...
MERCI !!
SCRUT
GULP
C'EST QUOI, CE REGARD NOIR ?!
Hm ? Je croyais qu'elle était fan de Toya ?
C'est sa façon d'être timide ?
BIEN ! COMMENCEZ ! ♡
MUNCH MUNCH

ZIM
ス…
AH!

HEIN ?
SON REGARD DE TUEUSE...
A CHANGÉ EN UN INSTANT !!
Elle s'est métamorphosée !!
TU TREMBLES, HAZUKI ?
GNUP
GULP

ZIM
BOM
BOM
BOM

REGARDEZ SON VISAGE !
ドキ BOM BOM
ドキ BOM BOM
ON VOIT VRAIMENT COMBIEN ELLE AIME NARUMI !!
QUELLE PRÉSENCE !
ELLE EST INCROYA-BLEMENT EXPRESSIVE !!

FHH...
... J'AI FINI...
VOUS EN AVEZ ASSEZ VU ?!!
GRR
?!!
REVOILÀ LA REBELLE !!
GULP
C'ÉTAIT SUPER ! ♡♡
BRAVO CHIZURU ! ♡♡
PURÉE ! J'AI TROP LA HONTE !

BOM BOM
J'ai été complètement subjugué par son jeu !!
Elle est incroyable !!
ÉPATANT, MLLE SENGOKU !!
ELLE A EXPRIMÉ TOUT SON AMOUR SANS UN MOT !!
OUAH !
OUI… C'EST JUSTEMENT CE SILENCE QUI A FAIT RESSORTIR SES SENTIMENTS !!
FRANCHEMENT, ELLE S'EST MIEUX DÉBROUILLÉE QUE NIJIKA…
PST
OUI…
C'EST VRAI… J'AI RATÉ MA PERFORMANCE …
PST
AH !!
MAIS… MAIS NON !!
TOI AUSSI, TU AS TRÈS BIEN JOUÉ !!
GNN
C'est rageant, mais mon interprétation ne fait pas le poids face à celle de Chizuru !!

Elle est si expressive qu'elle peut se passer de mots.
Je comprends pourquoi on l'a dit aussi talentueuse et populaire que Ria...
Cette fille est un génie !!
ドキン
BOM BOM
ドキン
BOM BOM
ドキン
BOM BOM
C'est frustrant... vraiment frustrant...
mais au moins, j'ai découvert une nouvelle technique de jeu grâce à elle !!

C'est fou...
mon cœur...
BOM BOM
ドキン
bat à cent à l'heure !!
ドキン
BOM BOM
EXCUSEZ-MOI...
JE VOUDRAIS REJOUER LA SCÈNE !
?!!
Oui ! J'en suis certaine !
Je suis capable de faire aussi bien que Chizuru !!
HEIN ?!
HEIN ?
LA RE-JOUER ?

JE VAIS VOUS MONTRER CE QU'EST L'AMOUR SUPRÊME !!

JE VOUDRAIS REJOUER LA SCÈNE !!
JE VAIS VOUS MONTRER CE QU´EST L´AMOUR SUPRÊME !!

NIJIKA ?!
REJOUER LA SCÈNE ?!
ざわ BLA
HEIN ?
ざわ BLA
C'EST INJUSTE, NON ?
CHIZURU POURRA REJOUER ELLE AUSSI ?
ざわ BLA
C'EST VRAI, UN VRAI DUEL NE PERMET PAS DE REVANCHE…
Kapii …
À VRAI DIRE…
J'AI CONSCIENCE D'AVOIR PERDU FACE À CHIZURU !
?!!

GAGNER OU PERDRE, LÀ N'EST PLUS LA QUESTION.
EN LA VOYANT JOUER…
MON CŒUR S'EST EMBALLÉ !!
JE VOUDRAIS VOUS MONTRER CE QUE JE RESSENS !!
C'EST TOUT !!
HEIN ?!
…
JE DÉTESTE LES ENTORSES AU RÈGLEMENT…

LES RESQUILLEURS, LES POLLUEURS...
LES GENS QUI ARRIVENT EN RETARD OU CEUX QUI POSENT DES LAPINS... ÇA ME DÉBECTE !!
QUEL SÉRIEUX, POUR UNE CHEF DE BANDE !
UNE REVANCHE APRÈS UN FACE À FACE, C'EST N'IMPORTE QUOI...
CECI ÉTANT ...
TU PEUX REJOUER NIJIKA, JE M'EN MOQUE !!
PARCE QUE TU NE FERAS JAMAIS MIEUX QUE MOI !!
MERCI, CHIZURU !!

KYAH !! CHIZURU, QUELLE CLASSE !! ♡♡♡♡♡
CETTE FILLE... EN IMPOSE VRAIMENT !!
JE RETOMBE AMOUREUX ! ♡
OUI ! ♡
HA♡HA!♡
OK ! DU MOMENT QUE CHIZURU EST D'ACCORD !
JE TE DONNE UNE 2E CHANCE, NIJIKA !! ♡♡♡
MERCI MME HANAZONO !
MERCI, CHIZURU !!
Génial !!
ZAM
BLA
BLA

4

À la fin de ce volume, vous trouverez une histoire courte : "Pink ♡ Kiss".

Cela va faire au moins 3 ans que je l'ai écrite. Quand je vois comment je dessinais à l'époque, j'ai honte... ôô

Je ne suis pas très douée en dessin aujourd'hui encore, mais là, c'était vraiment pire.

En tout cas, je disposais à l'époque de très peu de temps pour la réaliser, et je crois avoir fait de mon mieux.
Et avec le recul, je l'ai trouvée plutôt drôle. (^^)

↑

J'ai le droit de m'envoyer des roses ?

TU... TU VEUX RIRE ?!
Kapii ! ☆
Un petit onigiri ?!
MERCI, KAPITAMA !
DIS...
PST PST
JE NE CROIS PAS QU'ELLE POURRA FAIRE BEAUCOUP MIEUX...
AH ! VRAIMENT ?!
LA 1RE FOIS, ELLE A DIT À NARUMI QU'ELLE LE DÉTESTAIT, PUIS ELLE S'EST RETOURNÉE...
JE TE DÉTESTE...
JE TE DÉTESTE, NARUMI !!
S'EST JETÉE DANS SES BRAS ET LUI A DIT QU'EN FAIT, ELLE L'ADORAIT.
NON...
EN FAIT... JE T'ADORE !!
OUI, J'AI TROUVÉ ÇA TRÈS MIGNON.
PST
OUI, MAIS CHIZURU N'A MÊME PAS EU BESOIN DE PARLER TELLEMENT ELLE ÉTAIT EXPRESSIVE.
...
NIJIKA SE FATIGUE POUR RIEN !
PST
HA HA !
À vrai dire, Chizuru m'a moi-même impressionné !!

Qui croirait qu'elle n'a pas joué depuis 10 ans ?!
C'est bien l'une des meilleures actrices de sa génération !!
Et maintenant, les gens attendent que Nijika la surpasse !!
BON, ES-TU PRÊTE À COMMENCER ? ♡
OUI !
ドキ BOM
ドキ BOM
Gagner ou perdre, c'est important mais...
ドキ BOM
ドキ BOM
à présent, c'est plus l'excitation et l'impatience qui m'animent !!
ドキ BOM
ドキ BOM

Je veux clouer les spectateurs sur place !!
C'EST PARTI !!
...
ZIM
JE TE DÉTESTE ...
JE TE DÉTESTE, NARUMI !!
?!!
MAIS ...
CETTE PHRASE ...
OUI ...
C'EST LA MÊME QUE TOUT À L'HEURE ?!
ET DANS LA MÊME POSITION !

PST
ヒソ
OUI
...
ÇA SENT LE RÉCHAUFFÉ
...
PST
ヒソ
POURQUOI REJOUER ALORS ?
PST
ヒソ
Que lui arrive-t-il ?
EUII
...
HAZUKI ?
FWAP
?!!
BRR
BRR
BRR

ざわ
BLA
HEIN ?! ELLE EST CENSÉE EXPRIMER SON AMOUR…
MAIS ELLE DÉGAGE DE LA COLÈRE, MÊME DE DOS !!
ざわ
BLA
Qu'est-ce qu'elle mijote ?!
Je n'arrive pas du tout à la lire !!
VRL
GULP
!!
DASH
BAM
?!!

SBAM
?!!
HA … HAZUKI ?
BOM
BOM
BOM
BOM
BOM
SALETÉ …
HEIN ?

C'ÉTAIT QUI, LA FILLE AVEC TOI À L'ÉCOLE HIER ?!
HEIN ?
ET L'AUTRE, LE JOUR D'AVANT !!
EUH ...
ガウ GRR
J'AI BIEN VU QUE TU TE FAISAIS OFFRIR DES GÂTEAUX...
PAR LES FILLES DU COURS DE CUISINE !!
ガウ GRR
JE M'ATTENDAIS À TOUT, SAUF À UNE DISPUTE...
MON NARUMI EST UN VRAI TOMBEUR MAIS... ♡
IL N'A D'YEUX QUE POUR HAZUKI ! ♡
MA SOEUR, MON AMOUR ☆ VOL.1
ON DIRAIT QUE NIJIKA A ABANDONNÉ LA PARTIE !
HA HA !

RÉFLÉ-CHISSEZ UN PEU …
VOUS NE POUVEZ PAS LA QUITTER DES YEUX…
JE ME TROMPE ?!!
!!
AH !!
Le moindre de ses gestes fascine les spectateurs.
Elle avait tout planifié ?!
Ou bien...
É… ÉCOUTE …
POURQUOI …
POURQUOI FRICOTES-TU AVEC CES FILLES ALORS QUE TU DIS QUE TU M'AIMES ?
PLIC PLIC

JE TE DÉTESTE ...
JE TE DÉTESTE, NARUMI !!

JE TE DÉTESTE !!
?!!
GULP
HM !

NON...
EN FAIT...
JE T'ADORE !!

HM!
HAZUKI !
MOI AUSSI...

FHH...
CE...
C'ÉTAIT SUPER !!
KYAAH !
VRAIMENT !!
!!
BRAVO !!
GÉNIAL, NIJIKA !!
MON CŒUR BAT LA CHAMADE !!
AH...

GNUP
ON A RÉUSSI !!
TOYA !!
AH !!
NI... NIJIKA !!
DASH
OUPS ! PA... PARDON !!
!!
GULP
Nijika ... tu es bien la fille d'une actrice de génie.
Je n'ai fait que suivre ton tempo !!
J'ai réussi...
Ils se sont laissés prendre à mon jeu !!
CETTE FILLE EST ÉPATANTE !!

C'EST INCROYABLE, ELLE A RÉINVENTÉ SA SCÈNE EN UN RIEN DE TEMPS !
VOUS ÊTES BOUCHÉES, OU QUOI ?
HM ?
LA 1RE FOIS COMME LA 2E…
ELLE A UTILISÉ EXACTEMENT LE MÊME TEXTE !
ELLE LUI A DIT QU'ELLE LE DÉTESTAIT…
PUIS QU'ELLE L'ADORAIT.
AH, MAIS C'EST VRAI !!
ELLE L'A FAIT EXPRÈS ?!
JE NE SAIS PAS, MAIS…
J'AI L'IMPRESSION QU'ELLE SAIT D'INSTINCT COMMENT "RESPIRE" UNE SCÈNE…
TAP…
C'EST TOUT À FAIT ÇA…
NIJIKA JOUE À L'INSTINCT.
AH !

TU ME SURPRENDRAS TOUJOURS...
NIJIKA !
RI...
RIA ?!!
!!
LE PLUS EFFRAYANT ...
C'EST QU'ELLE JOUE DEPUIS QUELQUES MOIS À PEINE...
Sans oublier ...
qu'elle n'a que 12 ans...
QUOI ?! C'EST VRAI ?!
HM !
et qu'elle est en 6e !

NIJIKA KOHINATA ...
EST UNE ACTRICE DE GÉNIE, AU TALENT INNÉ.
ET PUIS ...
C'EST LA SEULE RIVALE QUE JE ME RECONNAISSE !!

LA SEULE RIVALE …
DE LA GRANDE RIA ?!!
ELLE A DÉJÀ DIT ÇA À LA TÉLÉ L'AUTRE JOUR.
HEIN ?..
…
RIA !!
BRR
TU VEUX BIEN SIGNER MA VESTE ?!
À … "À CHIZURU" …
HEIN ?
SUR CE TRUC ?!
RIA ?!!
NIJIKA !
RIA

OH ! QUE FAIS-TU LÀ ?!
J'AI APPRIS QUE TU TOURNAIS TA 1RE SÉRIE, ALORS JE SUIS VENUE VOIR.
TAP
TU T'INQUIÉTAIS POUR MOI ?!
ÇA, C'EST UNE AMIE !! ♡
AH !
Kapii ! ♡
NE… NE TE FAIS PAS D'IDÉES !!
AH ! J'OUBLIAIS, RIA !!
CETTE FILLE, C'EST CHIZURU SENGOKU !!
RAAH
HEIN ?! CHIZURU ?!
IL PARAÎT QUE QUAND VOUS ÉTIEZ PETITES ELLE ÉTAIT AUSSI POPULAIRE QUE TOI !!
BON…
BON SANG !! ARRÊTE !!
MAIS OUI, JE TE RECONNAIS !!
POURQUOI AS-TU SOUDAIN DISPARU DU MONDE DU SPECTACLE ?!
…

...
J'ÉTAIS TRÈS FAN DE TON TRAVAIL D'ACTRICE, RIA...
MAIS JE TE VOYAIS AUSSI COMME UNE RIVALE.
LES SECRETS DE RIA, LE PETIT GÉNIE DU CINÉ
NOUS AVIONS LE MÊME ÂGE, MAIS LA DIFFÉRENCE DE TALENT ÉTAIT TROP GRANDE, ALORS J'AI DÉCIDÉ D'ARRÊTER.
J'ADORAIS "DÉTECTIVE AYA", JE VOULAIS ÊTRE COMME ELLE...
ALORS JE SUIS DEVENUE REBELLE.
C'est la série de ma mère qui l'a poussée dans cette voie ?!!
MAIS QUAND JE T'AI ENTENDUE DIRE QUE NIJIKA ÉTAIT TA SEULE RIVALE...
C'ÉTAIT COMME SI ON M'AVAIT VOLÉ UNE PART DE MOI MÊME.
HEIN ?!
Quoi ?! Ce n'était pas de Toya qu'elle parlait...
HA HA !

MAIS GRÂCE À TOI, NIJIKA, MON AMOUR DE LA COMÉDIE…
A REFAIT SURFACE !
J'ACCEPTE MA DÉFAITE POUR CETTE FOIS !
C'EST TOI QUI JOUERAS L'HÉROÏNE …
NIJIKA !!

CHIZURU …
“POUR CETTE FOIS”, J´INSISTE !!
JE VAIS REPRENDRE MA CARRIÈRE !!
LA PROCHAINE FOIS, ON SE BATTRA POUR LE PRISME DE DIAMANT !!
CHIZURU !!
J’AI HÂTE D’Y ÊTRE, CHIZURU, PARCE QUE …
TOI AUSSI, TU ES UNE ACTRICE DE GÉNIE !!
HA !
RIA !!

Ria...
et Chizuru...
Je vais pouvoir me mesurer à deux génies...
HA !
JE NE POUVAIS PAS RÊVER MIEUX !!
dans la course au prisme de diamant !!

HAZUKI …
JE T'AIME !
NARUMI …

SBAM
JE RÊVE...
VOUS SORTEZ ENSEMBLE, TOUS LES DEUX !!
C'EST BON !! COUPEZ !! ♡
CLAP
15- 4 -#20

LA SCÈNE 20 EST NICKEL GRÂCE À VOUS 3 !! ♡
Le temps a passé et…
OUAH ! ♡ DU 1ER COUP !!
on tourne déjà le 4e épisode de ma 1re série…
"Ma sœur, mon amour ☆" !!
Kapii ! ☆
SCRUT
VOUS, LÀ !!

GRRRR...
VOUS DEVEZ ÊTRE CREVÉS ?!
VOILÀ UN PETIT EN-CAS !!
J'AI TOUT CUISINÉ !
TADAM !
ペカーッ
ÇA A L'AIR TROP BON !! ☆
JE NE SAVAIS PAS QUE TU ÉTAIS BONNE CUISINIÈRE ! ☆
PAS... PAS PLUS QUE ÇA !!
Chizuru joue le rôle de ma meilleure amie ! ♡
C'est délicieux !!
VOUS TOUS !!
VOUS AVEZ REGARDÉ LE 1ER ÉPISODE HIER SOIR ?!
JE VOUS ANNONCE QUE...
OUAH !
NOUS AVONS OBTENU 28 % DE PARTS D'AUDIENCE !! ON EST PLACÉS N°1 !!

C'EST GRÂCE À TOUS TES EFFORTS !
TOYA !
NON ! C'EST PARCE QUE TU JOUES AVEC MOI...
ET QUE C'EST UN VRAI PLAISIR !
VOUS JOUEZ BIEN TOUS LES 2 !
OUI, ET PUIS...
VOS SCÈNES EN AMOUREUX SONT SUPERBES ! ♡
QUAND ON VOUS VOIT COMME ÇA, ON DIRAIT UN VRAI COUPLE ! ♡♡
HEIN ?
JE VOUS JURE !!

TU AS 16 ANS, TU [cut off] BELLE, TU [cut off] GRANDE..
ET BIENTÔT CÉLÈBRE GRÂCE À LA SÉRIE...
TOYA, LUI, EST L'ACTEUR LE PLUS POPULAIRE DE SA GÉNÉRATION...
IL EST BEAU ET TALENTUEUX ...
VOUS FAITES UN TRÈS BEAU COUPLE !! ♡ ♡

ON A LE MÊME AGENT, C'EST TOUT…
HA HA !
KYAAH !
IL EST PLUS JEUNE QU'ELLE EN PLUS, LE TOP ! ♡
KYAH ! ♡
HI HI !
KYAAH !
ELLES N'ÉCOUTENT PAS…
TSS…
C'EST N'IMPORTE QUOI ! COMMENT PEUVENT-ELLES CROIRE QUE JE SORS AVEC UNE GAMINE COMME TOI, QUI N'A QUE 12 ANS !!
!!
MUNCH MUNCH
TU OSES ENCORE ME TRAITER DE GAMINE !!
BEUH !
SI TU VEUX QUE J'ARRÊTE …
IL FAUDRA MANGER UN TAS DE POIVRONS ! ♫
…

T'ES QU'UNE PEAU DE VACHE !!
OH !! DU CALME, NIJIKA !!
STAK
AAH !!
VRUL
NIJIKA !!
GRR GRR
FWOSH
TU N'AS RIEN ?!
AH...
MERCI !!

FLASH
?!
HM ?
C'ÉTAIT QUOI, CE BRUIT ?
FAIS UN PEU ATTENTION ! L'ACTRICE PRINCIPALE NE DOIT PAS SE BLESSER !
BON, ON Y VA !
Attends-moi !
IMPOSSIBLE D'ENTENDRE CE QU'ILS DISAIENT...
MAIS CES DEUX-LÀ SONT LES ACTEURS PRINCIPAUX...
HÉ HÉ !
DE "MA SŒUR, MON AMOUR ☆".
CETTE PHOTO VA FAIRE PARLER D'ELLE !!
Quelques jours plus tard
C'EST BON, COUPEZ !!
CLAP
!!

SCÈNE 23, OK ! ♡♡
Kapii ! ♡
TU ES EN GRANDE FORME, NIJIKA ! ♡
MERCI !!
ON ARRIVE ENFIN À LA SCÈNE 24...
CELLE DE VOTRE PREMIER BAISER ! ♡♡
KYAH !
MAIS VOUS POUVEZ FAIRE SEMBLANT ! ♡
L'ANGLE DE LA CAMÉRA LUI DONNERA L'AIR RÉEL ! ♡
OUH LÀ LÀ !!
MAIS LE RÉALISATEUR DEVRAIT TESTER LES LÈVRES DE TOYA ! ♡♡♡♡♡
HEIN ?!!
Le réalisateur
JE RÊVE DE LUI OFFRIR MON 1ER BAISER ! ♡♡
KYAH ! ♡ J'AI TROP PARLÉ !
SMACK
Kapii !
Votre 1er baiser ?!
BOM
BOM
ON PEUT FAIRE SEMBLANT, D'ACCORD, MAIS J'AI TROP LE TRAC !!
BLA
BLA

ON EST EN PLEIN TOURNAGE !!
C'est quoi, ce vacarme ?!
BLA
BLA
M. ICHINOSE !! MLLE KOHINATA !!
AVEZ-VOUS UNE DÉCLARATION À FAIRE AU SUJET DE LA RUMEUR ?!
BLA
BLA
BLA
Hein ?!!
“LA RUMEUR” ?
AH ! LES VOILÀ !
REGARDEZ LE SUNDAY STAR DU JOUR !
EN COUPLE DANS LA VIE COMME À L'ÉCRAN ?!
NIJIKA KOHINATA ET TOYA ICHINOSE DANS LES BRAS L'UN DE L'AUTRE !
LES ACTEURS DE “MA ŒUR, MON AMOUR ☆” AURAIENT UNE ELATION SÉRIEUSE !
ILS AFFIRMENT QUE VOUS BRÛLEZ D'AMOUR L'UN POUR L'AUTRE !!

HEIN ?
TOYA ET MOI, BRÛLANTS DE PASSION ?!
HA HA !
DANS LA SÉRIE COMME DANS LA VIE !
...
HEEEIN ?!!
D'OÙ...
D'OÙ SORT CET ARTICLE ?!!
Ils disent que Toya et moi...
avons une relation torride !!
SUNDAY STAR

CETTE PHOTO !!
C'est quand Toya m'a rattrapée au vol !!
SUNDAY STAR
CE NE SONT QUE DES MENSONGES !!
EUH ... VENEZ AVEC MOI !!
ON EST EN TOURNAGE !
RECULEZ-VOUS !
ざわ BLA ざわ BLA
C'EST UN JARDIN PUBLIC, NON ?!
ET LA LIBERTÉ DE LA PRESSE, ALORS !
QU'EST-CE QUE C'EST QUE CE CIRQUE ?!
M. KAMADA ! ON A DÉJÀ DU RETARD…
IL FAUT REPRENDRE !!
ON PEUT LES FAIRE TAIRE…
MOI ET MES POTES.
NON ! NON ! NON !
ÇA SERAIT ENCORE PIRE !

ÉCOUTEZ-MOI TOUS !
CE NE SONT QUE DES MENSONGES !!
NOUS TE CROYONS, NIJIKA !
ON DOIT CONTINUER À TOURNER.
FAITES COMME S'ILS N'ÉTAIENT PAS LÀ !!
SI VOUS LEUR RÉPONDEZ, ILS DÉTOURNERONT VOS PROPOS !
!
C'est affreux !!
BIEN, ON REPREND SCÈNE 25, LE BAISER D'HAZUKI ET NARUMI !
PST
PST
UN BAISER ? QUEL TIMING !
ÇA SENT LE BON ARTICLE !!
PST
PST
ILS DOIVENT BIEN AVOIR L'HABITUDE DE S'EMBRASSER ?!
PST
HA HA !
BRR
BRR
BRR
BRR
...

Déjà que c'est pas facile à jouer !!
Pas le choix...
HAZUKI...
JE VEUX ÊTRE TON PREMIER...
HM ?
むちゅ～っ
BLOB
ビク
GULP
?!!
HA HA HA !
C'EST QUOI, CETTE TÊTE ?!
HA HA !
EUH...
COUPEZ !!
JE SUIS DÉSOLÉE !!

PRISE !!
PRISE 3 !
PRISE 4 !
Mes lèvres sont bloquées !!
HA HA HA!
Raah !!
Comme je sens que les journalistes m'observent, je n'arrive pas à jouer naturellement !!
PRISE 45 !!
COUPEZ !!
ON ARRÊTE LES FRAIS POUR AUJOURD'HUI ...
JE PEUX Y ARRIVER !!
ON REPRENDRA DEMAIN !
VOUS POUVEZ PLIER BAGAGE !!
TAP TAP
MAIS ...

CETTE FILLE NE SAIT PAS JOUER ?
PST ピソ
PST ピソ
PST ピソ
ON M'A DIT QU'ELLE VISAIT LE PRISME DE DIAMANT, MAIS...
ELLE RÊVE, NON ?!
ELLE SORT AVEC TOYA POUR FAIRE PARLER D'ELLE, C'EST SÛR !!
...
LAISSE-LES DIRE, NIJIKA.
ぎゅっ GNN...
"SALUT NATSUKI ...
NE CROIS PAS LES RUMEURS !
CROIS-MOI !"
ピ BIP
ピ BIP
ピロリン♫ RRRING
PAS DE SOUCI ! JE TE CROIS ! ☆
ホッ FYU!
QUEL SOULAGEMENT !
MAIS C'EST TROP RAGEANT ! RAAAH !
Kapii !

Le réalisateur veut qu'on fasse comme si la presse n'était pas là mais...
ZIM
MA SŒUR, MON AMOUR SCRIPT
dans ces conditions, je ne prends aucun plaisir à jouer.
On reprend sans arrêt les scènes et j'embête tout le monde...
Je suis dépitée !!
Dépitée !!
PLIC
ZAM
?!!

LAISSE-MOI SÉCHER TES LARMES...
T...
TOYA ?!

(5)

À bientôt, pour un 6e volume ! ♪

An Nakahara

Si vous voulez m'écrire, n'hésitez pas à envoyer vos lettres à : ↓

Glénat Manga
An Nakahara
39, rue du Gouverneur
Général Éboué
Immeuble Le Diderot
92130 Issy-les-Moulineaux

Je serai ravie de vous lire même si je ne peux malheureusement pas vous répondre.

TU ES UNE BATTANTE, OUI OU NON ?!
GARDE TES LARMES POUR LES MOMENTS HEUREUX !!
Toya !!
BOM BOM

TANT QUE TU RESTERAS FORTE...
RIEN DE CE QUE PEUVENT DIRE CES GENS NE T'ATTEINDRA !!
ドキン
BOM BOM
Il faut que je sois forte...
ドキン
BOM BOM
Il a raison. Je ne dois pas oublier que...
j'adore jouer la comédie !!

Je veux offrir aux gens un spectacle de qualité...
et leur transmettre des émotions fortes !!
NIJIKA ...
すびぃ～っ SNIF
Kapii ?!!
?!!
CE SONT MES LARMES QUI SORTENT PAR LE NEZ ...
ふきふき SNIF SNIF
OUI, OUI ... C'EST ÇA !!

EN TOUT CAS, NE T'EN FAIS PAS !
あっ
MERCI TOYA !
TU M'AS REDONNÉ COURAGE !!
はっ
ZAM
Euh... c'était pas mon intention !!
Encore une saute d'humeur ?
?
Je ne me laisserai pas abattre par ces tordus de paparazzi !!
ざわ ざわ
BLA BLA

LA PRESSE EST LÀ…
ILS VONT ENCORE SQUATTER ICI…
BLA ざわ BLA ざわ
IL Y A MÊME DES CAMÉRAS DE TÉLÉ !
ON SAIT QUE CE NE SONT QUE DES MENSONGES…
MAIS LA PAUVRE NIJIKA…
PAS DE NIJIKA…
EN VUE ?!
ざわ BLA ざわ BLA
APRÈS LE RATÉ D'HIER, ELLE DOIT PLEURER DANS SA CHAMBRE, NON ?
OUI ! ELLE A VRAIMENT JOUÉ COMME UN PIED !
CES HISTOIRES DE RIVALITÉ AVEC RIA…
OU DE PRISME DE DIAMANT…
C'EST DU PIPEAU !!
HA HA !
DANS CE CAS, LAISSEZ-MOI VOUS PROUVER LE CONTRAIRE !
?!
AH !
MLLE KOHINATA ?!!

ELLE EST REVENUE ?!
AH !
UNE PETITE QUESTION !
COMMENT ÇA SE PASSE, AVEC TOYA ?!
VOUS ALLEZ VOUS TAIRE !!
GULP

HEIN !
?!!
Qui est cette fille ?!
Rien à voir avec hier !!
D'où sort-elle cette force ?!
HM !
HM ?!
VOUS, LÀ ! VOUS TOURNEZ ?
EUH… OUI !!
MON RÊVE, C'EST DE PROCURER DES ÉMOTIONS AUX GENS…
ET DE REMPORTER LE PRISME DE DIAMANT !
NIJIKA ?
OH…
ALORS JE NE ME LAISSERAI PAS DÉSTABILISER PAR DES RUMEURS OU DES MENSONGES INSENSÉS !

JE NE VOUS LAISSERAI PAS VOUS METTRE EN TRAVERS DE MON RÊVE !!

HM !
ET SI VOUS ME PRENEZ EN PHOTO, ATTENDEZ QUE JE SOURIE…
MM. LES JOURNALISTES ! ☆
GULP
QU'ELLE EST JOLIE…
DASH
ELLE EST BIEN VANTARDE, POUR UNE FILLE SANS TALENT !!
OUI … BIEN DIT !
QUOI ?!
VOUS ÊTES ENCORE LÀ, VOUS ?!
AH ! VOUS ÊTES…
CHIZURU SENGOKU, L'ACTRICE ?!
HEIN ?! CHIZURU SENGOKU ?!
ELLE ÉTAIT AUSSI TALENTUEUSE QUE RIA, ÉTANT ENFANT !
ALORS C'EST ELLE, LA VRAIE RIVALE DE RIA ?!
DÉSOLÉE DE VOUS DÉCEVOIR, MAIS NIJIKA A ÉTÉ MEILLEURE QUE MOI !
?!!

NIJIKA KOHINATA ...
EST UNE ACTRICE DE GÉNIE !!
?!!
TSS !
CETTE FILLE ?! UN GÉNIE ?!
GULP
ゴクリ…
SCÈNE 25...
ÇA TOURNE !!
Personne ne se mettra...
en travers de mon rêve !!
Nijika, actrice de rêve, vol. 05 – Fin –

PINK
Kiss

キラ BLING
キラ BLING
TU DIS QUE TU M'AIMES, J'APPRÉCIE LE COMPLIMENT MAIS...
キラ BLING
JE N'AIME PAS TON VISAGE.

BON, J'AI À FAIRE...
VRUL
Je... j'hallucine ?!!
PLOC
Je prends mon courage à deux mains pour faire la 1re déclaration d'amour de ma vie...
et je me prends le râteau du siècle ?!!
ET D'ABORD, C'EST QUOI, CETTE FAÇON DE JETER UNE FILLE !!
“JE N'AIME PAS TON VISAGE” ?!!
IL ME TRAITE DE THON, C'EST ÇA ?!!
UNE BELLE FILLE SANS CERVELLE, ÇA LUI IRAIT !!
PLIC PLOC
PLIC PLOC

Ren Kandagaw est l'ultra beau gosse mon lycée
Il m'a toujours attirée. je doutais de mes chances, mais j'ai eu le courage de lui faire ma déclaration...
KYAH ! PRINCE REN !
Fantaisie visuelle
Je ne le savais pas aussi méchant !!
RAAH ! EN PLUS, JE SUIS TREMPÉE !
QUELLE POISSE...
TU ES RENTRÉE, MOMO ?
JE FILE ME DOUCHER, MAMAN.
AH !! MOMO ?!
LA DOUCHE EST...
ガチャ
THAC

QUOI ? TU VAS ME DÉVISAGER ENCORE LONGTEMPS ?
JE VAIS FINIR PAR ME SENTIR GÊNÉ !
キラ BLING
キラ BLING
キラ BLING
KYAAAH !

BLING
BLING
BLING
BLING
Qu'est-ce que Ren fait dans ma salle de bains ?!!
MOMO, JE TE PRÉSENTE…
REN KANDAGAWA, LE FILS DE MON PATRON.
JE LE SAIS ! ON EST DANS LE MÊME LYCÉE !
DIS-MOI PLUTÔT … CE QU'IL FAIT CHEZ NOUS ?!!
ET POURQUOI IL A FALLU…
QUE JE VOIE CETTE HORREUR …
ENTRE SES JAMBES !!
RAAAH !

"CETTE HORREUR" ? C'EST BLESSANT.
IL EST PLUTÔT MIGNON, NON ?
ET PUIS TU L'AS LONGUEMENT REGARDÉ.
JE NE L'AI PAS REGARDÉ !!
AAAH !!
J'ÉTAIS PÉTRIFIÉE ! SOUS LE CHOC !
ÉCOUTE, MOMO.
REN VA HABITER CHEZ NOUS PENDANT QUELQUE TEMPS ! ♡
HEEEIN ?!!
HI HI! ♡
SES PARENTS ONT DÛ PARTIR 3 MOIS EN MISSION À L'ÉTRANGER.
À 16 ANS, ILS NE POUVAIENT PAS LE LAISSER SEUL…

VOILÀ, TU SAIS TOUT.
JE COMPTE SUR TOI, MOMO.
Ce n'est pas possible ?!! Habiter avec le mec qui m'a mis le pire râteau possible !!
KYAAH
KYAAH
LE PRINCE REN ÉTINCELLE, AUJOURD'HUI ENCORE...
BLING
BLING
IL EST BEAU !!
BLING
BLING
ON DIRAIT VRAIMENT UN PRINCE.

KYAH!
JE SUIS AVEUGLÉE PAR SA LUMIÈRE !!
HA HA!
GARÇON OU PAS, JE SUIS SOUS LE CHARME !
PRINCE REN !
KYAH !!
FLASH
Ils se font tous berner par son beau visage...
Bah... c'est vrai que si on s'en tient à ça, il a les traits d'un prince...
BLING
BLING
MAIS IL A SALE CARACTÈRE, SE MOQUE QU'ON LE VOIE À POIL, ET POUR LE TACT : ZÉRO !
SANS OUBLIER CETTE HORREUR !!
GRR
NOTEBOOK
TU DIS QUE REN A SALE CARACTÈRE ?
AH !

GRR
QU'EST-CE QUE TU EN SAIS, MOMO ?!
ET C'EST QUOI, "CETTE HORREUR" DONT TU PARLES ?
Elles sont flippantes !!
EUH... JE NE PARLAIS PAS DE LUI ! J'ÉTAIS PERDUE DANS MES PENSÉES !
REN EST UN VRAI PRINCE !!
JE SUIS SÛRE QUE SON CORPS EST COUVERT DE PÉTALES DE ROSES !!
ALORS TU ES PARDONNÉE !!
HÉ HÉ !
J'ai réussi à les berner !!
FYU !
DE TOUTE FAÇON ...
HI HI !
MOMO S'INVENTE DES HISTOIRES PARCE QUE REN NE VOUDRAIT JAMAIS D'ELLE...
HI HI !
UNE INSOLENTE DOUBLÉE D'UN THON !
HA HA ! ELLE VA T'ENTENDRE !
...
Oui, j'ai tout entendu ...

Ren m'a rejetée parce qu'il n'aime pas mon visage !!
Je le sais bien, va !!
MOMO !
ON VA PASSER À TABLE, ALORS DESCENDS !
?!!
ChuChu
ARRÊTE DE TE BALADER À POIL DANS LA MAISON !!
JE NE SUIS PAS À POIL !!
J'AI UN CALEÇON !!
Il n'a vraiment aucun savoir-vivre ?!
ENCORE, MADAME !
BLING
BLING
BLING
HI HI ! ♡ C'EST TON 30E BOL ! ♡
PAS DE "MADAME" ENTRE NOUS ! ♡♡♡
JE SUIS EN PLEINE CROISSANCE !!
30 bols de riz...

Quel goinfre, ce type !!
Il n'a rien d'un prince !!
TIENS ?
DÉSOLÉE, REN ! ON EST À COURT DE RIZ !
J'EN RECUIS UNE PORTION ?
OH...
PLON
TANT PIS...
MERCI POUR LE REPAS.
C'ÉTAIT TRÈS BON.
POF
POF
Il faudra que je prévoie plus pour demain !
...
GRGL
J'ai la dalle ...
BRR
BRR
BRR
GRGL
TOC
TOC
TCHAC
MOMO ?

TU PEUX MANGER ÇA SI TU VEUX !
C'EST MOI QUI LES AI FAITS...
キラ BLING
キラ BLING
DES ONIGIRI ... DE MOMO ...
キラ BLING
キラ BLING
キラ BLING
がつ MUNCH
がつ MUNCH
JE VEUX !!
TU AURAIS DÛ LE DIRE SI TU AVAIS SI FAIM QUE ÇA !
MA MÈRE AURAIT FAIT PLUS À MANGER !
ET PUIS, SI TU AS BESOIN D'UN EN-CAS, TU PEUX TOUJOURS ME DEMANDER...
N'HÉSITE SURTOUT PAS !
MOMO...

MOMO
...
SLURP
TU AS DU RIZ SUR LA JOUE !
TES ONIGIRI SONT TRÈS BONS.
MERCI.
Aaah !!
BOM
BOM
Faut pas gâcher la nourriture !
BOM

GULP
Oh ! Il m'a souri !
PFF !
HA HA HA !
QUI AURAIT CRU QUE "LE PRINCE" DU LYCÉE ÉTAIT UN GOINFRE ?!
ÇA EN SURPRENDRAIT PLUS D'UN !
"LE PRINCE DU LYCÉE" ?
LES GENS M'APPELLENT COMME ÇA, VRAIMENT ?
POURQUOI ?
Je comprends pas.
Hein ?!! Il ne se rend compte de rien ?!!
Pourquoi ils m'appellent "le prince" ?
Laisse tomber !
Savoir que je suis la seule à le connaître sous son vrai jour...
ça me rend heureuse...

チュン チュン…
PIOU PIOU
HM…
IL FAIT JOUR ? J'AI BIEN DORMI…
キラ
BLING
QU'EST-CE QUI M'ÉBLOUIT COMME ÇA ? LE SOLEIL ?
ET PUIS, JE SENS COMME UN POIDS…
キラ
BLING

Heeein ?!!
BOM BOM
Qu'est-ce qu'il fait dans mon lit ?!!
KYAH !!
NU, EN PLUS ?!!
ZZZ
AH, NON, IL A UN PANTALON ...
OUF !
AH !
BLING
Ce qu'il est beau, quand il dort !!
?!!
Moi, j'ai l'air d'un épouvantail au réveil !!
Il ne faut pas qu'il me voie comme ça !
Épis
Peau grasse
Salive
MOMO ...

QU'EST-CE QUE TU FAIS DANS MON LIT ?
GULP
?!!
N'IMPORTE QUOI !!
C'EST MA CHAMBRE, ICI !!
SCRUT
AH OUI ...
DEPUIS QUE JE SUIS PETIT, JE ME RÉVEILLE SOUVENT DANS DES ENDROITS BIZARRES...
TU ES SOMNAMBULE, C'EST ÇA...
MAIS, NE ME REGARDE PAS !!
HM ?
JE VIENS DE ME LEVER, JE SUIS AFFREUSE !
Ah !!
Qu'est-ce que je raconte ?!!
JE SAIS QUE TU TE MOQUES DE CE À QUOI JE RESSEMBLE MAIS...
JE PRÉFÈRE ME MONTRER SOUS UN MEILLEUR JOUR.
GNUP

TU DIS N'IMPORTE QUOI…
TU ES TRÈS JOLIE.
BOM
BOM

ドキ BOM
ドキ BOM
ドキ BOM
MMM...
MMM...
ZZZ
グリ〜ッ RZZ
AH ! IL ÉTAIT À MOITIÉ ENDORMI !!
HA HA HA !
ZZZ
BIEN ÉVIDEMMENT !! SINON IL NE M'AURAIT JAMAIS...
TROUVÉE JO... JO... JOLIE !!
ドキ BOM
Oui mais... ça me fait quand même plaisir.
ドキ BOM
ドキ BOM
Il n'a aucun tact, c'est un goinfre, un malpoli...
Il n'a absolument rien d'un prince, mais...
ドキ BOM

je l'aime, c'est tout !
コト…
TAC
AH…
AAAH !!
UN PEU DE MASCARA …
UNE NOUVELLE COIFFURE …
JE N'AI PAS …
L'AIR BIZARRE ?
EST-CE QU'IL VA LE REMARQUER ?
À petites touches, je devrais pouvoir m'améliorer...

Je veux que Ren me trouve jolie !
Où est-il passé ?
TAP TAP
T'ES JOLIE AUJOUR-D'HUI.
BOM BOM
Sans aucune expression
Le rêve !!
REN...
JE SUIS AMOUREUSE DE TOI...
TU VEUX BIEN SORTIR AVEC MOI ?

ドキ BOM
Cette fille lui déclare son amour ?!!
ザザッ SHRR
ドキ BOM
Oh !
C'est la gagnante du concours de miss !!
ドキ BOM
ドキ BOM
Elle est super jolie !
Ils vont trop bien ensemble !!
AAAH !
Je ne sais pas ce qui m'a pris...
Je me suis monté la tête parce qu'il m'a trouvée jolie dans son sommeil...

Il préférera sortir avec ce genre de jolie fille, c'est certain !!
MERCI MAIS…
SH
TAP TAP
ÉCOUTE, REN ! ♡
MOMO ?
JE PENSE QUE TOI ET MOI, ON FERAIT LA PAIRE ! ♡♡♡
HI !
VRUL
HI HI !
DÉSOLÉ …
JE N'AIME PAS TON VISAGE.

HEIN ?!
DASH
HH...
HH...
BOU...
HOU...
Je ne suis qu'une abrutie !! Qu'est-ce qu'il m'a pris de rêver qu'il s'intéresserait à moi...
alors qu'il m'a rejetée à cause de mon visage !!
BOU... HOU... HH...
DE TOUTE FAÇON, C'EST UN PORC ! UN GOINFRE ! UN MALPOLI !
HA HA HA
UN GARS QUI SE BALADE À POIL CHEZ LUI !!
GNUP
CETTE FILLE VA ÊTRE DRÔLEMENT DÉÇUE !!
À POIL !! FAUT LE FAIRE, QUAND MÊME !
Retour de bâton !!
HA !

POURQUOI TU PLEURES ...
MOMO ?
R...
REN ?!!

ET PUIS D'ABORD...
JE NE ME BALADE PAS À POIL !
J'AI TOUJOURS UN CALEÇON !
T'ES VACHE !
C'est un détail, ça, non ?!!
POURQUOI TU T'ES ENFUIE ?
ET PUIS POURQUOI TU PLEURES ? JE COMPRENDS PAS...
C'EST ... PARCE QUE...
J'AI ENTENDU CETTE FILLE FAIRE SA DÉCLARATION...
ET À CE MOMENT-LÀ ...
C'EST QUOI, CETTE TÊTE ?!
ずび～っ…
SNIF
Ah !! Un laideron qui pleure, c'est vraiment pas beau à voir !!
J'en suis sûre ...
DÉ... DÉSOLÉE !!
NE ME REGARDE PAS !
AAH !

POURQUOI ?
TU ES LA PLUS JOLIE FILLE AU MONDE, TU SAIS ?

TU ES TRÈS JOLIE, MOMO.
HEEEIN ?!!
BOM
Il... Il m'a embrassée ?!!
POURQUOI TU FAIS ÇA ?!!
UN... UN THON COMME MOI...
TU N'AIMES MÊME PAS MON VISAGE !!
OUIN !
C'EST VRAI QUE QUAND TU M'AS AVOUÉ TON AMOUR, IL NE ME PLAISAIT PAS.

MAIS AUJOURD'HUI...
ON DIRAIT QUE JE SUIS COMPLÈTEMENT SOUS TON EMPRISE !
BOM BOM
BOM BOM
JE TROUVE TON VISAGE PLUS JOLI QUE TOUT.
BOM BOM
BOM BOM
C'EST NORMAL NON, D'ADORER LE VISAGE DE LA FILLE QU'ON AIME ?
Ren...
BOM BOM

Pink♡Kiss (fin) 1re parution dans le magazine Chuchu de mai 2009

NIJIIRO ☆ PRISM GIRL volume 5 by An NAKAHARA

Original Japanese edition published by SHOGAKUKAN.
French translation rights arranged with SHOGAKUKAN
through The Kashima Agency.

Original cover design : Hibiki CHIKADA (fireworks.vc)

Édition française
Traduction : Karine Rupp-Stanko
Correction : Thomas Lameth
Lettrage : Hinoko

Couvent Sainte-Cécile – 37, rue Servan – 38000 Grenoble
ISBN : 978-2-7234-9940-8
ISSN : 1253-1928
Dépôt légal : avril 2014

Imprimé en Italie en mars 2014 par L.E.G.O. S.p.A.,
sur papier provenant de forêts gérées de manière durable

storaenso

www.glenatmanga.com